WILLY VANDERSTEEN

LES FURAX FURIEUX

Editions Erasme
Bruxelles - Anvers

AU-DESSUS DE LA FORÊT ÉQUATORIALE D'AMAZONIE - CETTE RÉGION D'AMÉRIQUE DU SUD QUE L'ON NOMME "L'ENFER VERT" - UN AVION À RÉACTION NON IMMATRICULÉ PATROUILLE... LA VÉGÉTATION LUXURIANTE DISSIMULE AUX REGARDS UN COMPLEXE ULTRAMODERNE... UN ARSENAL ÉLECTRONIQUE LE REND INACCESSIBLE AUX INTRUS.
1-2
Ici, Chasseur secteur quatre... Base, répondez !
Base à Chasseur... J'écoute !
Rien à signaler dans le secteur ! Rien de suspect !
Tout est tranquille dans les autres secteurs ! Rentre à la base ! Over !
3
Vite ! Transmettons les nouvelles au "Cerveau" !
Cerveau ! Voici le dernier rapport !
Il était temps ! Envoie-le sans tarder !
... Il est... déjà parti !
4

PAF
Attends les ordres ! Combien de fois faudra-t-il le répéter...
IDIOT !
GRR !
APRÈS AVOIR QUITTÉ AMPHORIA, CRIMSON, L'ENNEMI PUBLIC N° 1, REPREND SES MAUVAISES HABITUDES. IL NOURRIT DE GRANDIOSES PROJETS CRIMINELS.
VOIR L'ALBUM: "AMPHORIS D'AMPHORIA"
Je vais assujettir tous les grands de ce monde ! JE SERAI LE SEUL MAÎTRE !
J'agirai dans l'espace ! MES engins spatiaux vont détruire tous les satellites qui existent. Alors... À MOI les communications, la télévision et les armes stratégiques !
Toutes les puissances, grandes et petites, reconnaîtront ma suprématie !
JE SERAI LE SEUL
MAÎTRE !
Un coup d'œil dans l'espace et...
CLONC
Qu'est-ce que c'est ?... Je ne connais pas cet engin ! UN SATELLITE, ÇA ?
MES PILULES !

Quelles pilules voulez-vous, Docteur? Vous en avez de 27 sortes!
Achille... Je dois réfléchir, comprendre et agir!
Un petit verre d'eau des glaciers des Andes pour avaler ça, Docteur?
9
Qu'est-ce que mon "Pirate de l'Espace" a capturé??
Je l'ignore, Cerveau! Aucun pays n'a jamais lancé ce type de satellite, que je sache!
Amenez-le moi! Je veux l'examiner! Si quelqu'un essaie de se payer ma tête ... je... je...
10
Une pilule pour vous calmer!
Je ne reculerai devant rien!.. Des trucs inconnus dans l'espace?...
Seuls MES trucs... Euh... satellites occuperont l'espace! LES MIENS!!
11
LE "PIRATE DE L'ESPACE" OBÉIT AUX ORDRES DE LA BASE ET RETOURNE VERS LA TERRE AVEC, DANS SA CALE, L'OBJET INCONNU.
BIENTÔT.
Le "Pirate de l'Espace" est rentré, Cerveau!
Bien! Je vais voir!
12

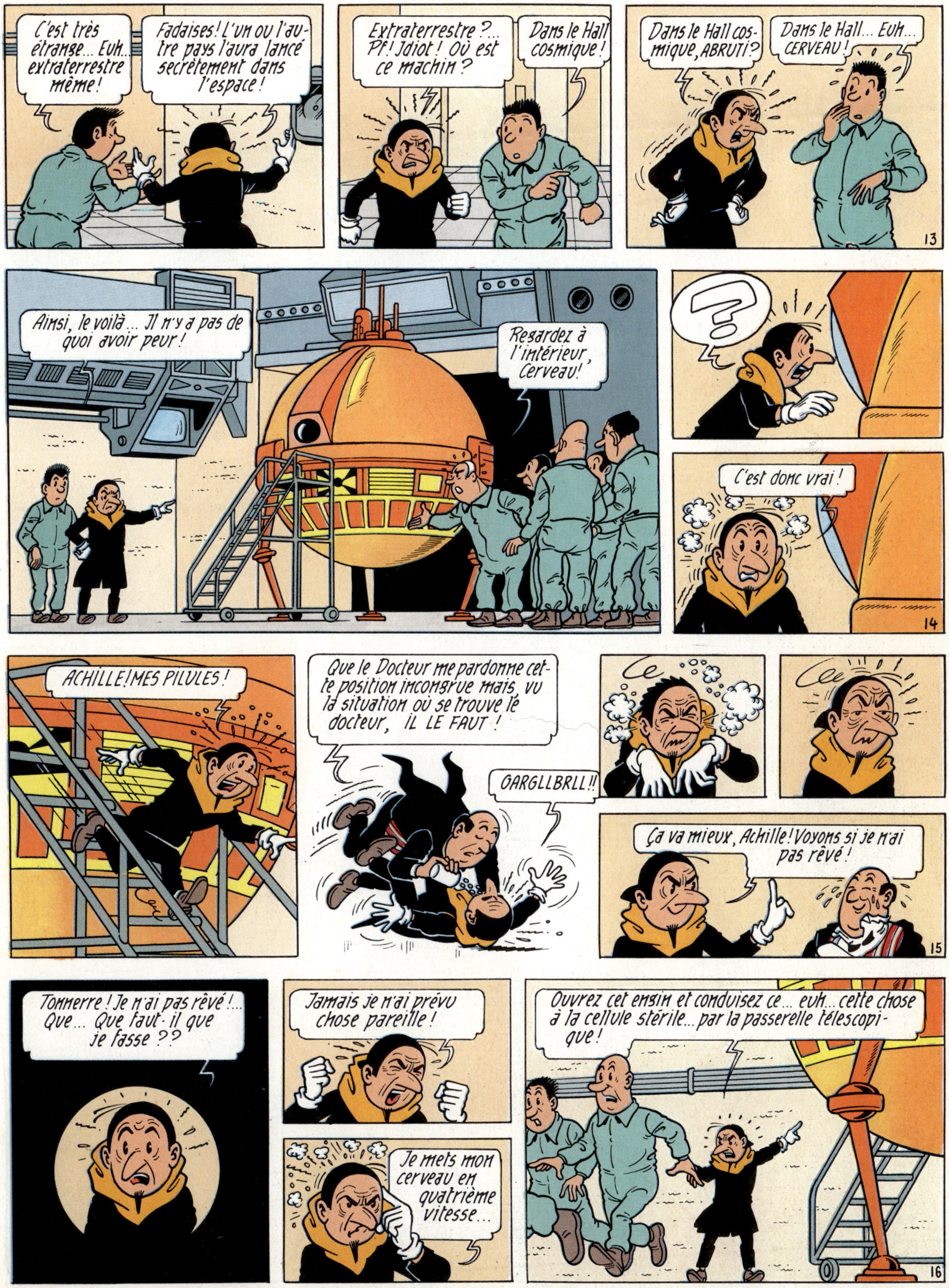

C'est très étrange... Euh... extraterrestre même!
Fadaises! L'un ou l'autre pays l'aura lancé secrètement dans l'espace!
Extraterrestre?... Pf! Idiot! Où est ce machin?
Dans le Hall cosmique!
Dans le Hall cosmique, ABRUTI?
Dans le Hall... Euh... CERVEAU!
13
Ainsi, le voilà... Il n'y a pas de quoi avoir peur!
Regardez à l'intérieur, Cerveau!
?
C'est donc vrai!
14
ACHILLE! MES PILULES!
Que le Docteur me pardonne cette position incongrue mais, vu la situation où se trouve le docteur, IL LE FAUT!
GARGLLBRLL!!
Ça va mieux, Achille! Voyons si je n'ai pas rêvé!
15
Tonnerre! Je n'ai pas rêvé!... Que... Que faut-il que je fasse??
Jamais je n'ai prévu chose pareille!
Je mets mon cerveau en quatrième vitesse...
Ouvrez cet engin et conduisez ce... euh... cette chose à la cellule stérile... par la passerelle télescopique!
16

Nous avons la... euh... chose, Cerveau !
Furax !
Si il... elle... s'échappe, je vous décapite !
ROMMELDEBOM
Furax!
BOM
BOM
Voilà... Le... Euh... Les... sont enfermés Cerveau !
Bien! Qu'on les surveille !
Après tout, c'est un nouvel atout! Quelque chose de rare... Ce qui est rare est cher!... TRÈS cher !
ACHILLE !!
Oui, Docteur... Je viens, Docteur... J'arrive, Docteur!
Le docteur est en forme aujourd'hui! Si le docteur me permet...
Non, Achille! Pas de pilules !
C'est jour faste aujourd'hui! Prépare-moi du caviar et mets le champagne au frais!
Ce... Euh... Ces... livreront leur secret! Je serai le maître de la terre et de l'univers! Je vais les DOMINER!
Crimson va gagner!
SOUDAIN, LA BASE DE LANCEMENT SE MET À TREMBLER DE FAÇON INEXPLICABLE.
Qu'... est... ce... que... c'est..?

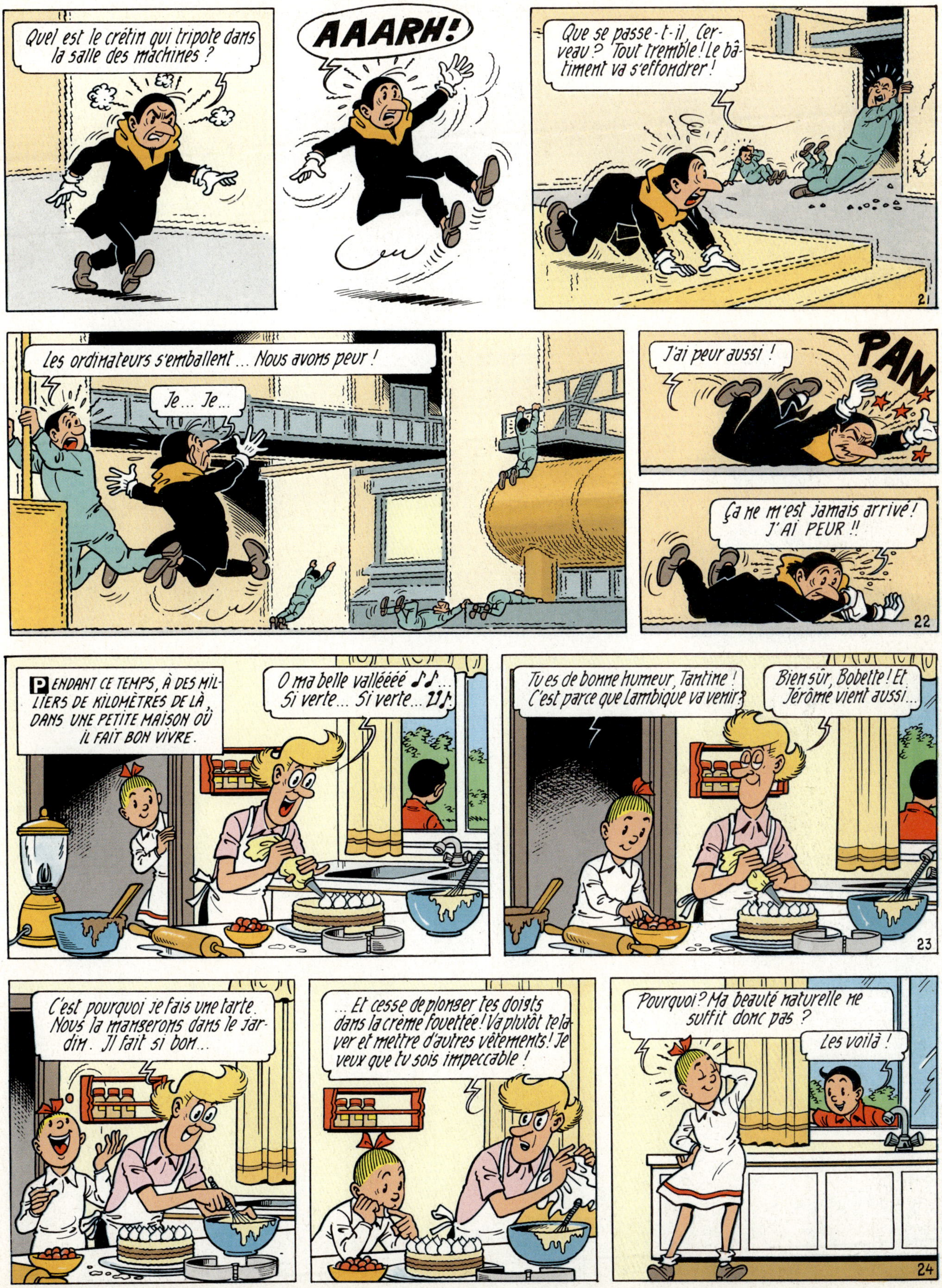
Quel est le crétin qui tripote dans la salle des machines ?
AAARH!
Que se passe-t-il, Cerveau ? Tout tremble ! Le bâtiment va s'effondrer !
21
Les ordinateurs s'emballent... Nous avons peur !
Je... Je...
J'ai peur aussi !
PAN
Ça ne m'est jamais arrivé ! J'AI PEUR !!
22
PENDANT CE TEMPS, À DES MILLIERS DE KILOMÈTRES DE LÀ DANS UNE PETITE MAISON OÙ IL FAIT BON VIVRE.
O ma belle valléééé ♪♪... Si verte... Si verte... ♪♪
Tu es de bonne humeur, Tantine ! C'est parce que Lambique va venir ?
Bien sûr, Bobette ! Et Jérôme vient aussi...
23
C'est pourquoi je fais une tarte. Nous la mangerons dans le jardin. Il fait si bon...
... Et cesse de plonger tes doigts dans la crème fouettée ! Va plutôt te laver et mettre d'autres vêtements ! Je veux que tu sois impeccable !
Pourquoi ? Ma beauté naturelle ne suffit donc pas ?
Les voilà !
24

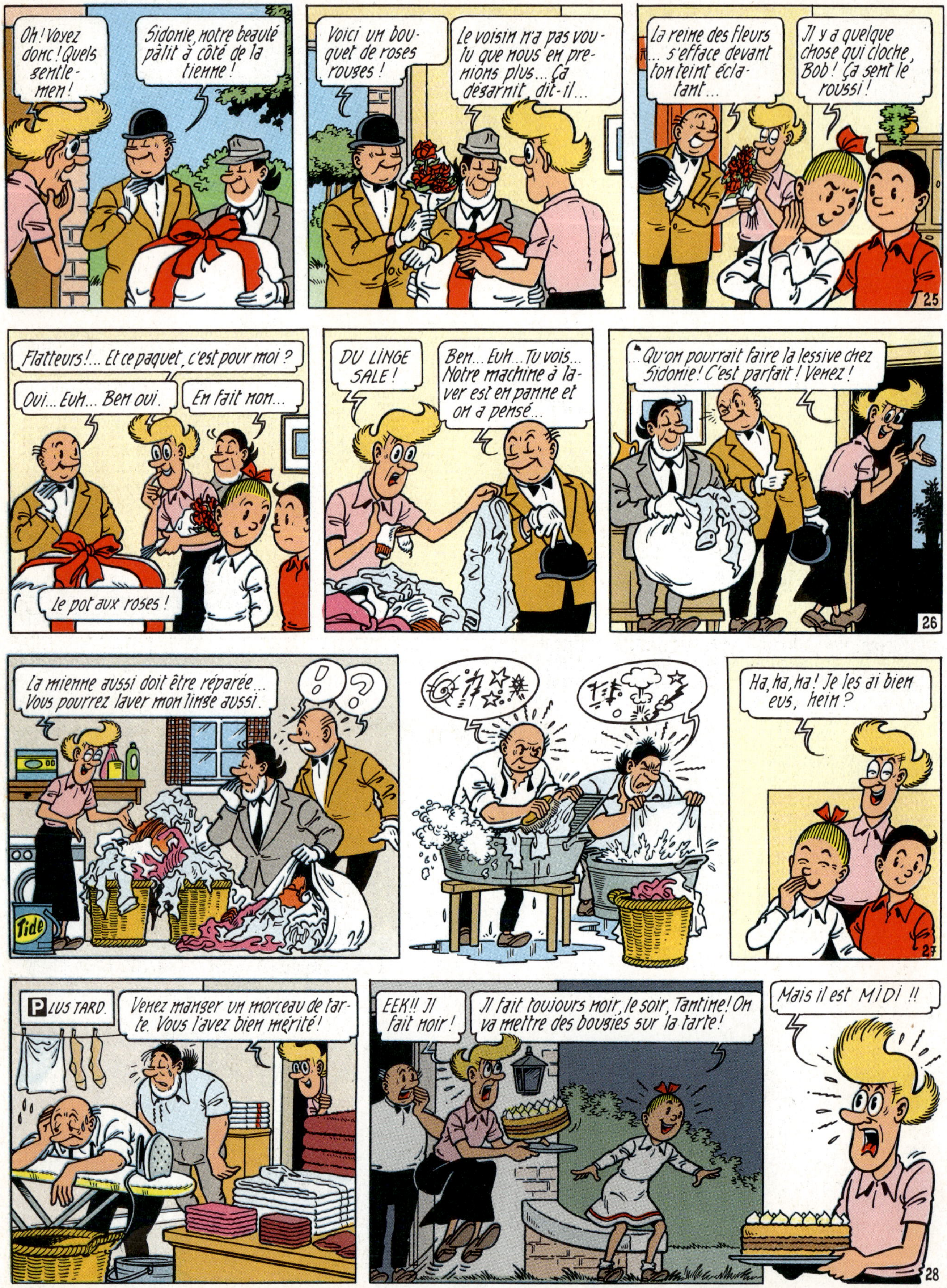
Oh! Voyez donc! Quels gentlemen!
Sidonie, notre beauté pâlit à côté de la tienne!
Voici un bouquet de roses rouges!
Le voisin n'a pas voulu que nous en prenions plus... Ça dégarnit, dit-il...
La reine des fleurs... s'efface devant ton teint éclatant...
Il y a quelque chose qui cloche, Bob! Ça sent le roussi!
25
Flatteurs!... Et ce paquet, c'est pour moi?
Oui... Euh... Ben oui.
En fait non...
Le pot aux roses!
DU LINGE SALE!
Ben... Euh... Tu vois... Notre machine à laver est en panne et on a pensé...
...Qu'on pourrait faire la lessive chez Sidonie! C'est parfait! Venez!
26
La mienne aussi doit être réparée... Vous pourrez laver mon linge aussi.
Tide
Ha, ha, ha! Je les ai bien eus, hein?
27
PLUS TARD.
Venez manger un morceau de tarte. Vous l'avez bien mérité!
EEK!! Il fait noir!
Il fait toujours noir, le soir, Tantine! On va mettre des bougies sur la tarte!
Mais il est MIDI !!
28

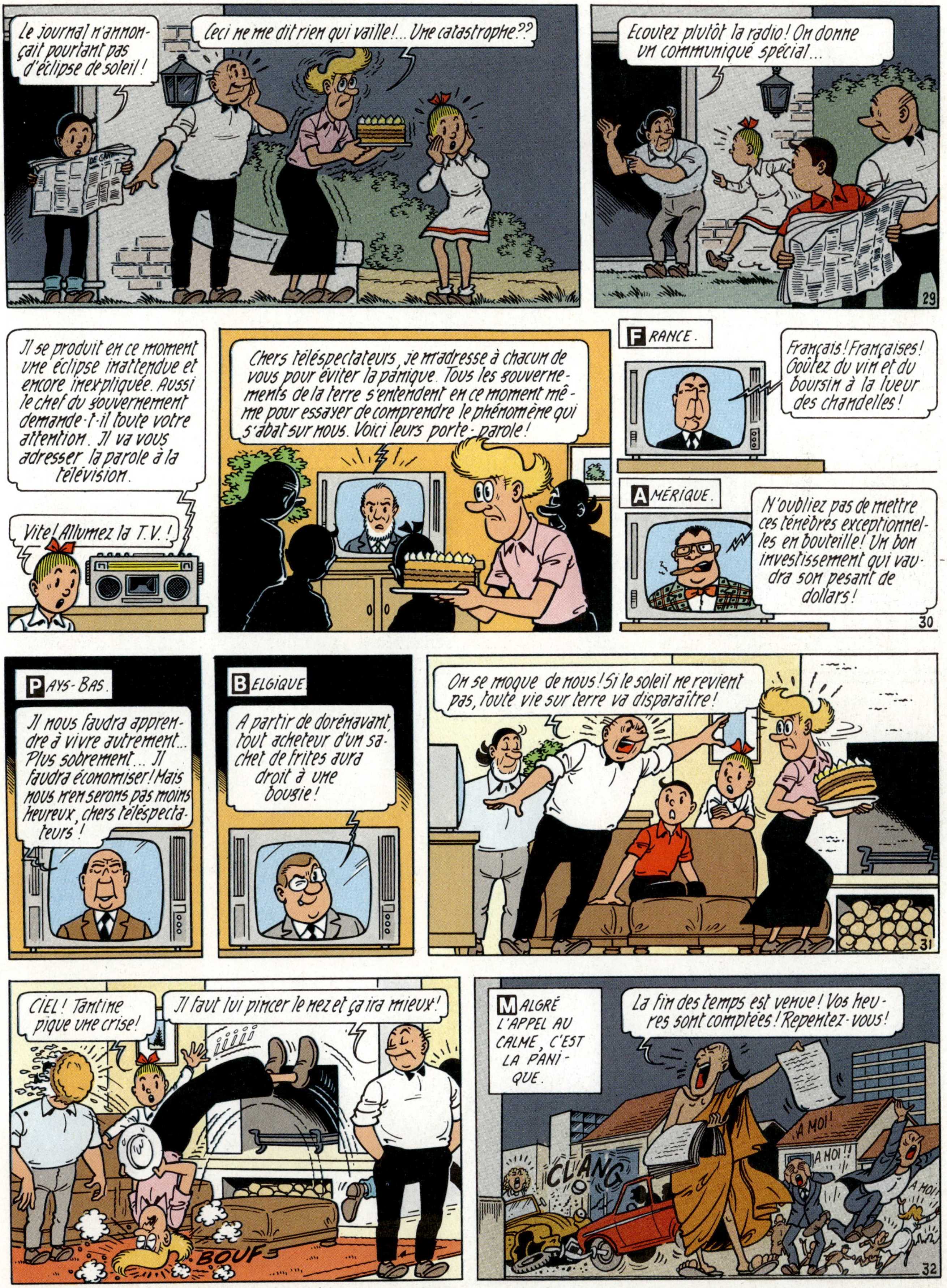
Le journal n'annonçait pourtant pas d'éclipse de soleil!
Ceci ne me dit rien qui vaille!... Une catastrophe??
Ecoutez plutôt la radio! On donne un communiqué spécial...
29
Il se produit en ce moment une éclipse inattendue et encore inexpliquée. Aussi le chef du gouvernement demande-t-il toute votre attention. Il va vous adresser la parole à la télévision.
Vite! Allumez la T.V.!
Chers téléspectateurs, je m'adresse à chacun de vous pour éviter la panique. Tous les gouvernements de la terre s'entendent en ce moment même pour essayer de comprendre le phénomène qui s'abat sur nous. Voici leurs porte-parole!
FRANCE.
Français! Françaises! Goûtez du vin et du boursin à la lueur des chandelles!
AMÉRIQUE.
N'oubliez pas de mettre ces ténèbres exceptionnelles en bouteille! Un bon investissement qui vaudra son pesant de dollars!
30
PAYS-BAS.
Il nous faudra apprendre à vivre autrement... Plus sobrement... Il faudra économiser! Mais nous n'en serons pas moins heureux, chers téléspectateurs!
BELGIQUE.
A partir de dorénavant, tout acheteur d'un sachet de frites aura droit à une bougie!
On se moque de nous! Si le soleil ne revient pas, toute vie sur terre va disparaître!
31
CIEL! Tantine pique une crise!
Il faut lui pincer le nez et ça ira mieux!
BOUF
MALGRÉ L'APPEL AU CALME, C'EST LA PANIQUE.
La fin des temps est venue! Vos heures sont comptées! Repentez-vous!
CLANG
A MOI!
A MOI!!
A MOI
32

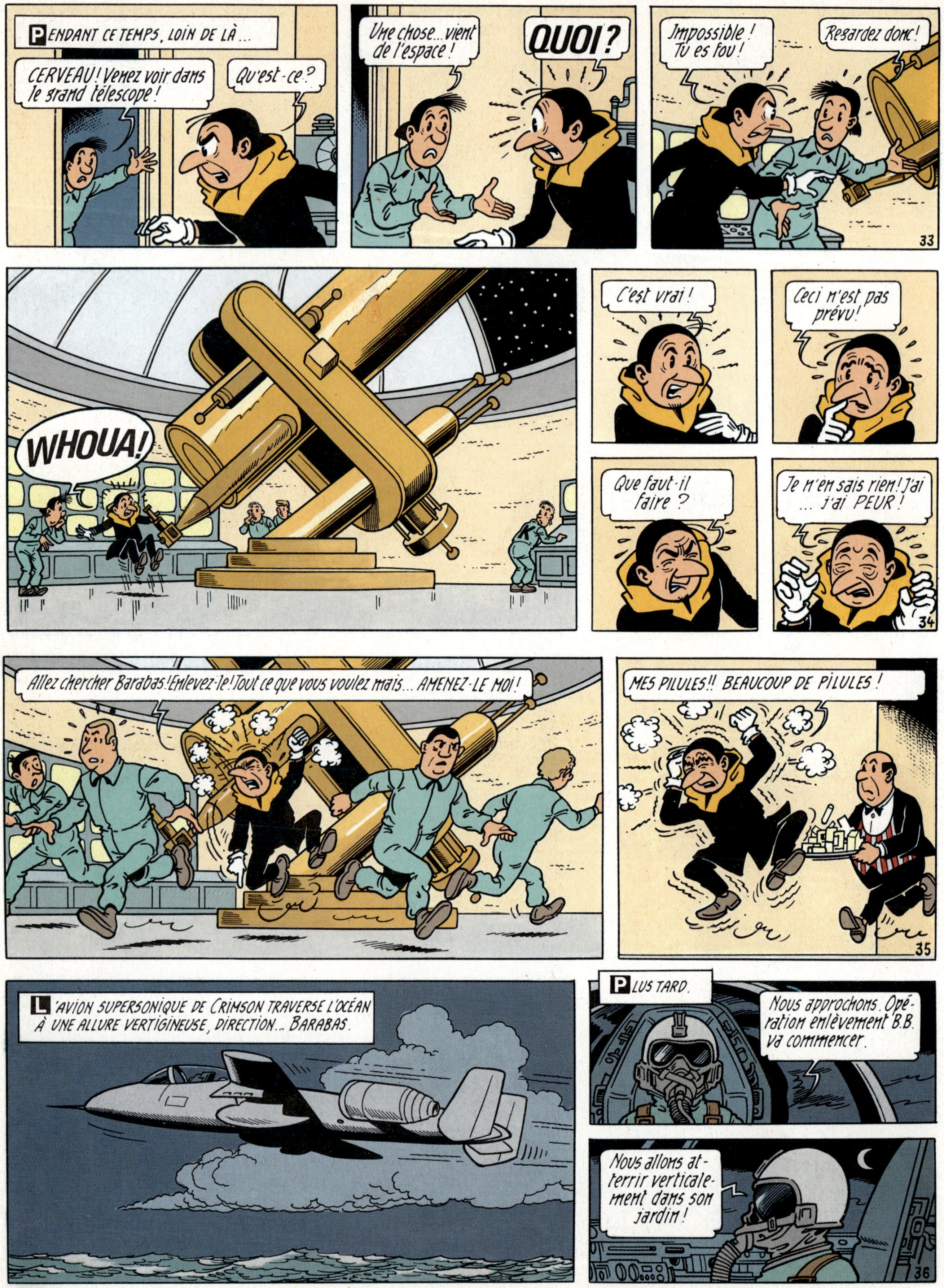
PENDANT CE TEMPS, LOIN DE LÀ...
CERVEAU! Venez voir dans le grand télescope!
Qu'est-ce?
Une chose... vient de l'espace!
QUOI?
Impossible! Tu es fou!
Regardez donc!
33
WHOUA!
C'est vrai!
Ceci n'est pas prévu!
Que faut-il faire?
Je n'en sais rien! J'ai ... j'ai PEUR!
34
Allez chercher Barabas! Enlevez-le! Tout ce que vous voulez mais... AMENEZ-LE MOI!
MES PILULES!! BEAUCOUP DE PILULES!
35
L'AVION SUPERSONIQUE DE CRIMSON TRAVERSE L'OCÉAN À UNE ALLURE VERTIGINEUSE, DIRECTION... BARABAS.
PLUS TARD.
Nous approchons. Opération enlèvement B.B. va commencer.
Nous allons atterrir verticalement dans son jardin!
36

IL EST PRÈS DE MINUIT... L'AVION SE POSE AVEC FRACAS DANS LE JARDIN DE BARABAS.
37
Bonté divine! Qu'est-ce que c'est ?
On dirait qu'un avion à réaction a rasé le toit de ma maison ! Et ça sent le kérosène !
Le vacarme venait du jardin !
38
??.. Que... Qu'est-ce que ça signifie ?.. Qui êtes-vous ?
SAISISSEZ-LE !
39
Il se défend comme un beau diable !
Lâchez-moi, vous dis-je !
Je suis un scientifique ! Un chercheur ! Je n'ai rien à voir avec vos combines !
Tenez-le bien !
PLOP
40

Le voilà endormi pour quelques heures... Emportez ses effets et...
...embarquez-le dans l'avion! Vite! Partons avant que la police n'arrive!
41
L'ENGIN SUPERSONIQUE PREND SON ENVOL. DIRECTION: AMÉRIQUE DU SUD. À BORD: LE PROFESSEUR BARABAS.
AUSSI MYSTÉRIEUSEMENT QU'ELLES ÉTAIENT APPARUES, VOILÀ QUE LES TÉNÈBRES SE DISSIPENT... LES ESPRITS S'APAISENT...
Encore raté!
42
Il fait clair! Que s'est-il passé?
Encore des économies sans doute! Le gouvernement épargne la lumière du soleil... Tout est bon!
Tu as beau ironiser, Lambique! Tout ceci n'est pas normal! La nuit qui tombe en plein jour? Barabas en saurait-il plus long?... Je vais l'appeler!
Occupe-toi de tante Sidonie, Bob! Elle revient à elle!
43
PEU APRÈS...
Barabas ne répond pas! Pourtant, il doit être chez lui!... Tout ceci ne me dit rien qui vaille, les amis!
BOBETTE TIENT ABSOLUMENT À ALLER AU DOMICILE DU PROFESSEUR.
Plus vite! J'ai le pressentiment qu'il se passe quelque chose de grave!
44

Qu'est-ce que je vous disais? Sa porte est ouverte! C'est curieux!
Il est évident qu'on s'est battu!
Ne joue pas les détectives, petite! Rien ne prouve que tu aies raison!
Mais...
Pas de mais!... Une chose est sûre...
Et quoi donc?
45
On s'est battu ici!
Inspectez la maison! Les bandits sont peut-être encore là!
Vous voyez?
46
Tu en as vu un, Lambique?
Et comment! Il est affreux! Quelle tête! Un vrai criminel...
BANG
DJINGELING
CLANG
Et?
C'est un miroir...!
47
BIENTÔT.
Nous avons visité toutes les pièces... Barabas n'y est pas!
Venez vite! Je crois avoir trouvé quelque chose!
Quoi? Où?
Dans le jardin... Incroyable!
48

Regardez cette tache en pleine pelouse! L'herbe y est calcinée!
Et ça sent le kérosène!
Un avion a atterri ici!
Dans le jardin de Barabas? Ça ne va pas, non?
49
Et le laboratoire? Tu y as été?
Il est fermé!
Alors, je vais crocheter la porte! Je m'y entends!
Non! C'est trop long! ON VA LA DÉFONCER!
Je vais quand même essayer!
50
Ha, ha! Vous voyez que ça marche!
CLAC
Ote-toi de mon chemin, Bobette! Voici Lambique! La force... bien calculée!
Hé! Stop! Je suis là... HOO!
51
Selon mes calculs, je devrais y être! ...?
DJING
BATACLAN
BONC
52

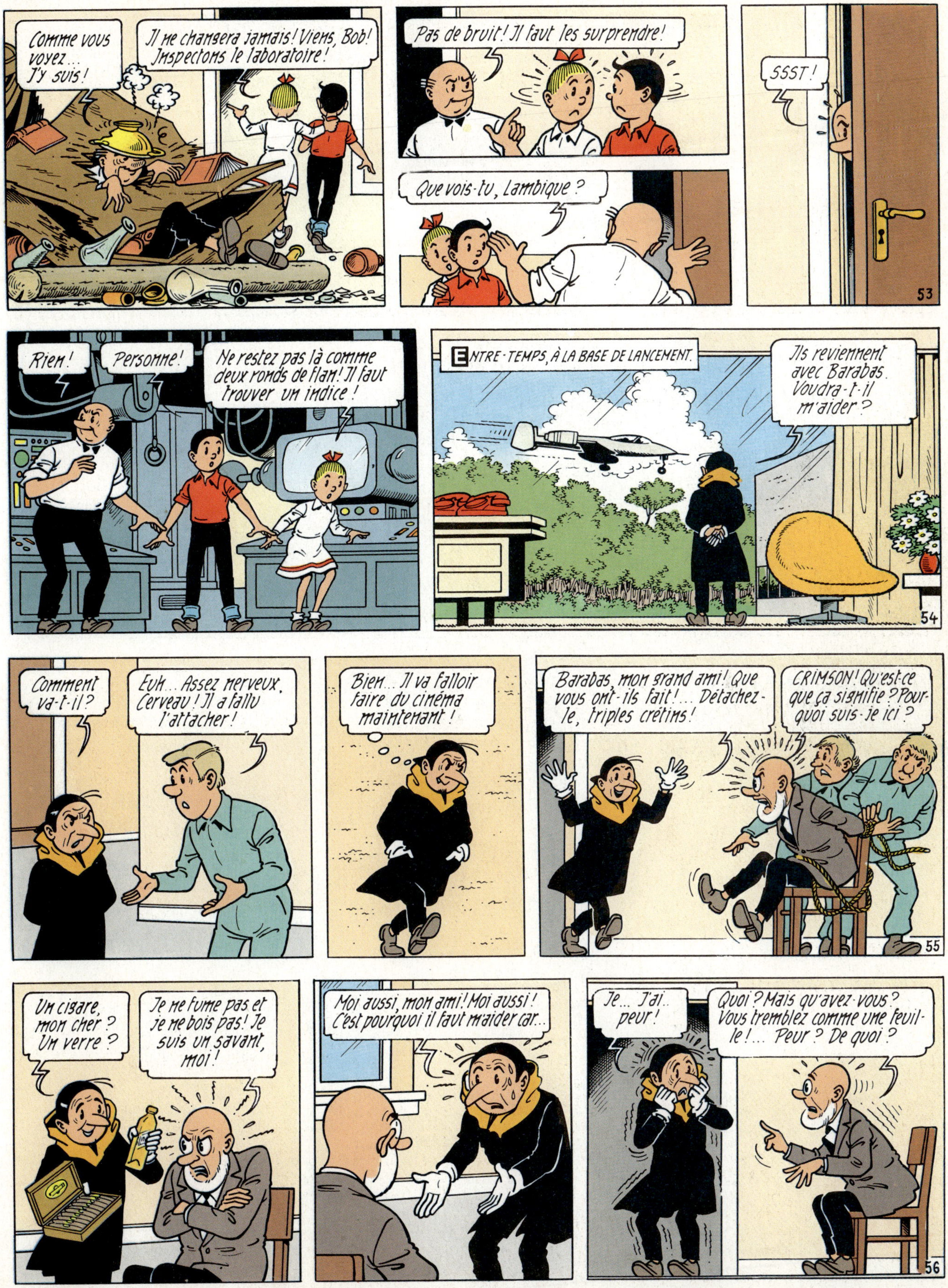

Comme vous voyez... J'y suis!
Il ne changera jamais! Viens, Bob! Inspectons le laboratoire!
Pas de bruit! Il faut les surprendre!
Que vois-tu, Lambique?
SSST!
53
Rien!
Personne!
Ne restez pas là comme deux ronds de flan! Il faut trouver un indice!
ENTRE-TEMPS, À LA BASE DE LANCEMENT.
Ils reviennent avec Barabas. Voudra-t-il m'aider?
54
Comment va-t-il?
Euh... Assez nerveux, Cerveau! Il a fallu l'attacher!
Bien... Il va falloir faire du cinéma maintenant!
Barabas, mon grand ami! Que vous ont-ils fait!... Détachez-le, triples crétins!
CRIMSON! Qu'est-ce que ça signifie? Pourquoi suis-je ici?
55
Un cigare, mon cher? Un verre?
Je ne fume pas et je ne bois pas! Je suis un savant, moi!
Moi aussi, mon ami! Moi aussi! C'est pourquoi il faut m'aider car...
Je... J'ai... peur!
Quoi? Mais qu'avez-vous? Vous tremblez comme une feuille!... Peur? De quoi?
56

L... Là... Voyez !!
BONTÉ DIVINE ! Qu'est-ce que c'est ? D'où est-ce que ça vient ?
Furax !
Furax !
De l'espace ! Et ce n'est pas tout... Venez !
57
Là !
CIEL !! Jncroyable ?!
Je commence à comprendre ! Vous avez volé quelque chose dans l'espace et on vient le rechercher... Que faut-il que je fasse ?
58
Jmpossible de les arrêter, idiot !
Si ! Si ! J'ai un canon à laser qui permet de toucher une cible dans l'espace ! Mais je n'ose pas m'en servir ! Vous... le ferez !
La guerre des étoiles, hein ? La guerre spatiale... La destruction de la terre ! Je préfère te rosser ! Ça, au moins, ça sert à quelque chose !
MAIS CRIMSON RIPOSTE... LES DEUX ADVERSAIRES S'ACHARNENT. MAIS VOILÀ QUE LE PROFESSEUR BARABAS TOMBE MALENCONTREUSEMENT...
CNOTS
59
Je l'ai maté, ce vieux fou !
!
Ça rapproche ! Jmpossible d'attendre
si veux sauver ma peau !
Bien. Je vais tirer moi-même !
60

J'enclenche le détecteur automatique.
Parfait! Je l'ai!
C'est... Tout ou rien!
FULL POWER
61
AU MÊME INSTANT, BARABAS...
Où suis-je?... La bagarre... Crimson...
CRIMSON!
TROP TARD! Il a déjà tiré! L'INSENSÉ!
62
Attrape, idiot! Le monde va périr par ta faute!!
Le télescope! Voyons l'ampleur du désastre!
Catastrophe! Le rayon laser les a touchés! Ils dévient de leur trajectoire et vont se perdre dans l'espace!
63
Je ne puis avertir l'opinion mondiale! Ce serait le chaos! La panique!... Mais il me reste un espoir!
Je vais envoyer un message à mon laboratoire en espérant qu'on le trouve!
Une chance sur mille que cela réussisse mais il faut tenter le tout pour le tout! ... Vite! Vite!
FWIIIIIT
PIAIIP
FWIIIOUO
64

PENDANT CE TEMPS, NOS AMIS REMUENT LE LABORATOIRE DE FOND EN COMBLE.
Alors?
Rien trouvé!
Il a dû se passer quelque chose de grave! Où est donc Barabas?
MILLE BOMBES!
Bob! Tu as trouvé quelque chose?
65
Cette bande vient de se mettre en marche! Je vais la rebobiner et...
NON!
N'y touche pas, Bob! Elle s'est mise en route toute seule? Alors, attendons qu'elle s'arrête!
LES MINUTES PASSENT.
Elle s'est arrêtée. Maintenant rebobinons-la pour l'écouter!
66
Allô! Allô!... Ici Barabas... Suis tombé entre les mains de Crimson... Base secrète en Amazonie... L'enfer vert... Menace extraterrestre... Danger pour l'humanité... Je répète... Danger! Risque de tomber aux Antilles néerlandaises... Les îles...
Aruba - Bonaire - Curaçao... Sans doute Bonaire... Pas de panique... Je répète... PAS DE PANIQUE!
Allô!... Ici Barabas... Aïe!!... CRAC... PIOUOU... CLIC!
67
C'était Barabas!
On ne peut rien te cacher... Mais que faire, Lambique?
L'amitié réelle est celle qui subit des épreuves! Alors seulement se révèle la fidélité! Barabas est notre ami! Nous allons l'aider!... Pas de panique! Nous partons pour Bonaire dans le plus grand secret!
NOS HÉROS NE PERDENT PAS UN INSTANT. ILS RENTRENT CHEZ EUX ET S'APPRÊTENT À VOLER AU SECOURS DE LEUR AMI. DÈS LE LENDEMAIN, TANTE SIDONIE CONDUIT JÉRÔME, LAMBIQUE, BOB ET BOBETTE À L'AÉROPORT.
68

Tous les passagers du vol KLM 773 à destination de Curaçao sont priés de se rendre à la porte 51.
C'est pour nous !
BAR
Mais cesse donc de me couvrir ainsi, Sidonie ! A Curaçao, il fait très chaud !
Attends alors !
69
Après un vol sans histoires, nos amis arrivent à Curaçao. De là, ils s'envolent pour Bonaire. Une fois arrivés, ils s'installent à l'hôtel...
70
Il nous faut un équipement de plongée...
Et il faut agir discrètement ! Gagner la confiance de quelqu'un...
Je sais ! Ady, le célèbre plongeur, loue du matériel ! C'est l'homme qu'il nous faut ! Bob et moi allons le...
Pas question ! Vous allez tout gâcher ! Laissez-moi faire !... Je vais me déguiser... Il faut garder l'incognito !
71
Ainsi.
PSST !... C'est vous, Ady ? Je dois vous parler ! Sans me faire remarquer !
Oui, c'est moi ! Qu'y a-t-il ?
Il faut m'aider !
BONAIRE SCUBA CENTER
72

Je m'appelle Lambique... Suivez-moi... Le plus discrètement possible!
Qu'y a-t-il? Et pourquoi cette ridicule mascarade?
Personne ne doit entendre notre conversation! Top secret! Il s'agit d'une affaire mystérieuse... J'ai besoin de toute votre discrétion! Puis-je vous faire confiance? Serez-vous muet? C'est promis?
Bien sûr mais...
Marché conclu!
73
Qu'est-ce qu'il a dit?
Euh... Je ne lui ai rien demandé...
Nos amis retournent chez Ady, au Scuba Center. Ils racontent.
Une menace extraterrestre?
Dans les environs de cette île? Bon, je vous fais confiance...
74
Je vais mettre à votre disposition le matériel de plongée sous-marine! Mais je ne veux pas me mêler de cette histoire! Débrouillez-vous! Rendez-vous demain matin à l'embarcadère!
Merci, Ady! C'est très aimable!
Le lendemain.
Le matériel est déjà à bord?
Oui! Tout y est! J'ai vérifié!
75
Regardez! Ces montagnes couvertes de neige! Sur une île subtropicale!
Non, Bobette! Ce sont des montagnes de sel! A Bonaire, on exploite du sel!
Et maintenant? L'île n'est pas grande mais par où commencer?
76

Je n'en sais rien, Bob... Faisons le tour de l'île... Peut-être verrons-nous un indice.
Si ce que nous cherchons est sous l'eau, nous ne verrons pas grand chose!
Un peu de patience, les enfants! Faites comme moi : ouvrez l'œil!
Elle est bien bonne! Tes deux yeux sont toujours fermés!
Où sommes-nous, Lambique?
Nous nous trouvons au nord de l'île, Bob. Là, le mont Brandaris et derrière, le lac Goto.
Stop, Lambique! Reviens en arrière!
Tu as vu quelque chose?
Des bulles d'air! Enormes!!
Jérôme! Le seau à fond transparent!
BLUB BLUB
Alors ?
Rien!
Je ne vois rien! L'eau est limpide jusqu'à quelque 40m. mais les bulles viennent de plus loin!
On va plonger!
ON VÉRIFIE UNE FOIS ENCORE L'ÉQUIPEMENT APRÈS QUOI NOS AMIS SE LANCENT À LA MER.

OOH! Quelles couleurs magnifiques! Et ces poissons... J'en perds le souffle! C'est le lieu idéal pour plonger!
Tiens? Bob fait des signes! Qu'y a-t-il?
?
81
Un... vaisseau spatial! Il est monstrueux! Une sourde menace... J'ai peur!
Jérôme est déjà parti en reconnaissance! Suivons-le!
82-83
JÉRÔME S'AVENTURE AUPRÈS DE L'ENGIN...
SANS SE DOUTER QUE, DERRIÈRE LUI, UN VOLET S'OUVRE ET...
EN L'ESPACE D'UN ÉCLAIR, LE VOILÀ ASPIRÉ À L'INTÉRIEUR DU VAISSEAU...
84

Sapristi! Où est Jérôme? Je viens de le voir et... Il a disparu!
ENTRE-TEMPS...
Voici donc la menace extraterrestre dont parlait sans doute Barabas! Pour l'instant, tout semble tranquille! Rien ne bouge...
85
Pas le moindre signe de vie! Je me demande si ce vaisseau est habité...
??.. WHOUA... BLUB... GLUB... AAH!!
J'entends du bruit... Sans doute Lambique?
CLANG
86
RIEN!?? Tous deux... Partis?
Toi, tu fais le tour par là... Et moi, je vais de ce côté! Nous DEVONS les rencontrer!
?
87
CIEL!
BOB!! LE VOILÀ CAPTURÉ!!
JE SUIS SEULE!!... Il ne manquait plus que ça! Des barracudas... Ces cruels poissons!
88

OUVREZ! Qui que vous soyez!! Simon, ces poissons carnassiers vont se régaler!
J'aime les animaux mais de là à leur sacrifier ma personne...
CIEL! Ils attaquent!
89
LA GUEULE GRANDE OUVERTE UN BARRACUDA SE DIRIGE VERS BOBETTE.
Je serai bientôt à la porte du ciel... J'ai souvent été gentille... sauf quand j'ai embêté mon cher Bob...
C'est affreux... Je... ferme les yeux... C'est... fini!
CLAC
90
Il commence... par mes palmes!
NON! Ils attaquent tous maintenant!
DERRIÈRE BOBETTE, UN VOLET S'OUVRE...
91
Ouf! Il était temps!... Qu'ils se bouffent entre eux!
Impossible de résister! Je suis entraînée par une force vers l'intérieur! Reverrais-je jamais mes amis?
92

Là... De la lumière... Au bout du tunnel! Où vais-je arriver ??
Bob et Lambique! Et Jérôme! Nous voilà réunis!... Mais... ??
93
Nous sommes enfermés dans un énorme bocal... Tels des poissons! Un aquarium!
Et Jérôme... avec ses poumons d'acier! Capable de retenir son souffle pendant trois jours! Il a ôté son masque de plongée!
!
?... La porte s'ouvre! Que...
94
Des extraterrestres!! Sont-ils dangereux?
Ils ont l'air fâchés et... pourtant... ils ne semblent pas méchants! Ils nous regardent... Que pensent-ils de nous?
Furax!
Furax!
95
UN DES PETITS ÊTRES FAIT UN SIGNE DE LA MAIN.
Furax!
Furax!
Le niveau baisse... L'eau se retire par ces trous!
Ouf! Nous pouvons respirer et communiquer de nouveau! Otons notre équipement pour l'instant!
96

Regardez! Une des parois se lève! Nous pouvons sortir!
Je prendrai la parole! Je suis le plus représentatif!
Il faut nous montrer sous notre meilleur jour pour les gagner à notre cause! Vous allez voir combien je suis habile!
Comme vous l'avez certainement vu, je suis le chef! Alors, on se donne la... euh... patte?
97
Furax?
Furax!
Fufurax!!
Vous dites?... Furax? Non mais... Vous allez me vexer!
Chez nous, si on est furax... c'est que ça tourne pas rond!
Tu radotes, furax... euh... Lambique! Et donne-lui gentiment la main!
98
WHOUAA!
C'est ça son meilleur jour?
Ce machin... Ce bidule... est plein d'électricité!
Furax!
Furax!
Furax par ci... Furax par là... Vous ne savez donc pas parler comme tout le monde?
99
Ils t'invitent à t'asseoir sur cette chaise!
Furax!
Furax!
Exposer ma belle tête aux chocs électriques de cette machine? Pas question!
Je ne me laisserai pas triturer le cerveau!
Y a pas grand chose à triturer, mon Bichou! Moi, j'y vais!
Sois prudente, Bobette!
BZZZZZ
BZZZZZZ
100

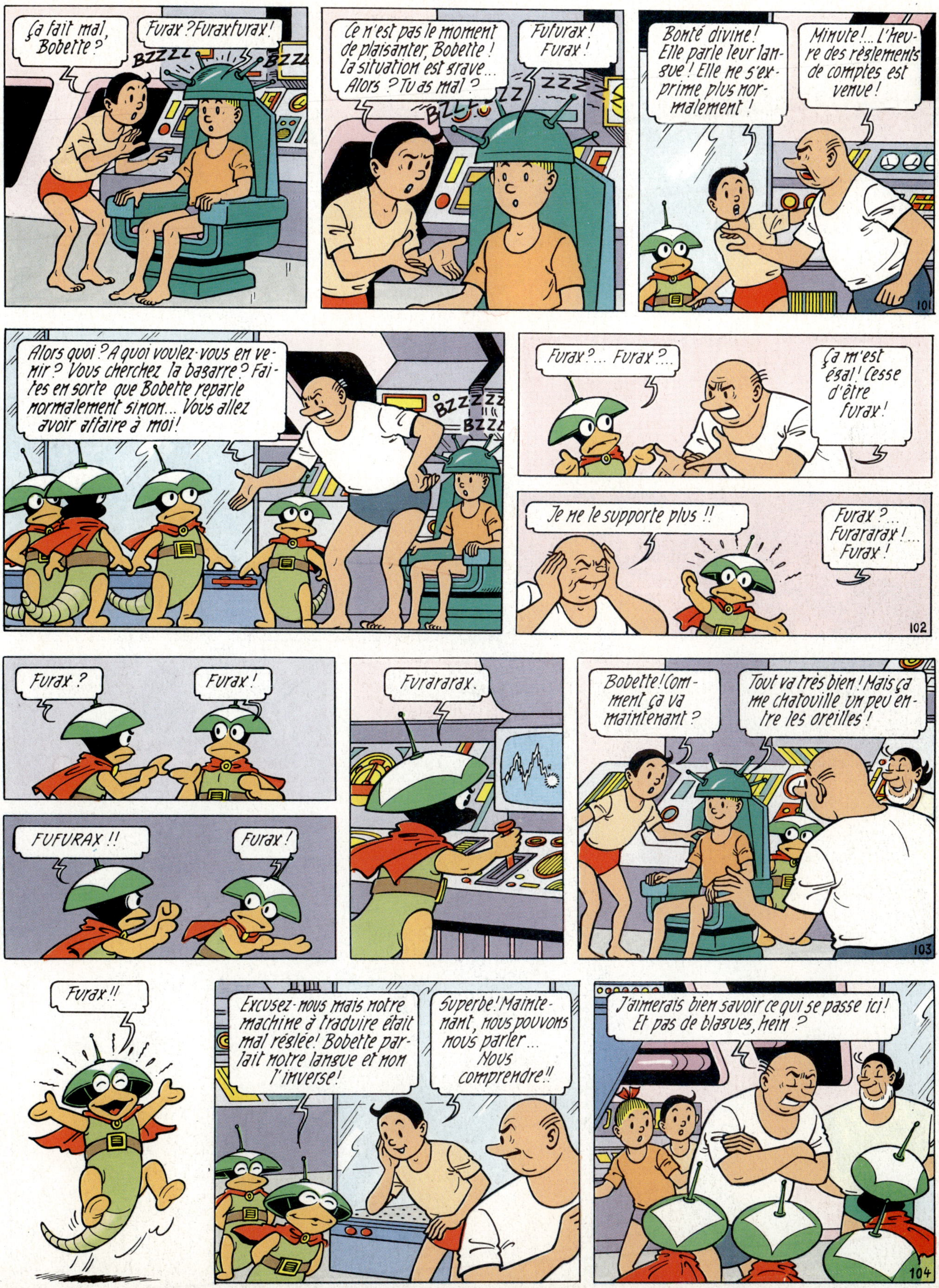
Ça fait mal, Bobette ?
Furax ? Furaxfurax !
BZZZZ
BZZZ
Ce n'est pas le moment de plaisanter, Bobette ! La situation est grave... Alors ? Tu as mal ?
Fufurax ! Furax !
BZZZZZ
ZZZZ
Bonté divine ! Elle parle leur langue ! Elle ne s'exprime plus normalement !
Minute !... L'heure des règlements de comptes est venue !
101
Alors quoi ? A quoi voulez-vous en venir ? Vous cherchez la bagarre ? Faites en sorte que Bobette reparle normalement sinon... Vous allez avoir affaire à moi !
BZZZZZ
BZZZ
Furax ?... Furax ?...
Ça m'est égal ! Cesse d'être Furax !
Je ne le supporte plus !!
Furax ?... Furararax !... Furax !
102
Furax ?
Furax !
FUFURAX !!
Furax !
Furararax.
Bobette ! Comment ça va maintenant ?
Tout va très bien ! Mais ça me chatouille un peu entre les oreilles !
103
Furax !!
Excusez-nous mais notre machine à traduire était mal réglée ! Bobette parlait notre langue et non l'inverse !
Superbe ! Maintenant, nous pouvons nous parler... Nous comprendre !!
J'aimerais bien savoir ce qui se passe ici ! Et pas de blagues, hein ?
104

J'aimerais bien savoir ce qui se passe ici ! Et pas de blagues, hein ?
Que ? Quoi ?
Nous venons d'un autre système solaire... Nous traversons l'univers et que se passe-t-il ? Vous autres, habitants de la terre, vous nous agressez !
Mais ce n'est pas nous !
Tu n'es pas un terrien ?
Mais si ! Mais si ! Un des plus beaux et des plus intelligents ! Que puis-je faire pour vous ?
Nous sommes là pour vous aider, petit Furax ! Dites !
En cours de vol, nous avons envoyé une navette en direction de votre terre. Elle était conduite par deux de nos furax et devait explorer votre planète. Mais un vaisseau terrestre les a enlevés et puis... plus aucune nouvelle !
Alors nous avons décidé d'aller les rechercher ! Mais nous avons été attaqués en plein ciel ! Notre vaisseau a été endommagé et est tombé ici, au fond de l'eau !
Et savez-vous d'où venait ce vaisseau terrestre ?
Venez avec moi !
Vous voyez cette lumière allumée ? C'est LÀ que sont nos amis !
En pleine forêt équatoriale !
Que faire, Jérôme ?
On va aller les rechercher ! Parole d'honneur !
Vous avez entendu ? Vous pouvez compter sur moi... Euh...
Le voyage sera long ! Il faut d'abord traverser l'océan !
Pas de problème. Je vais arranger ça !
Et votre vaisseau spatial est endommagé ! Que faire ?

Nous connaissons votre planète mieux que vous ne le croyez !...
Nous allons embarquer à bord d'un petit véhicule et quitter notre vaisseau mère... Nous voguerons sous l'eau jusqu'à l'embouchure de ce grand fleuve qu'est l'Amazone. Nous en remonterons le cours le plus loin possible ...
Ensuite, nous poursuivrons notre expédition à travers la forêt équatoriale en... en... Vous appelez cela... scooter ?
En scooter ?
109
Si tu crois que je vais traverser la forêt équatoriale en scooter, tu te trompes ! Je ne suis pas fou !
Cela me paraît difficile, petit Furax ! La forêt sud-américaine ne s'appelle pas pour rien "l'enfer vert" !
Vous verrez ! Vous ne connaissez pas nos scooters !
110
Venez ! Il faut partir !
Quoi ? En maillot de bain ? Nous devons d'abord changer de vêtements !
Nos bagages sont à l'hôtel ! Il faut y aller !
Nous allons vous y conduire !
Et semer la panique, sans doute ! Personne ne doit vous voir ! Attendons la nuit !... Et...
111
Vous n'allez pas tous nous accompagner, hein ? Deux, ça suffit ! Ne crois pas qu'on va à la foire... ou au cirque !
Furax !
Furaxfurax ?
Hé ! Minute, toi, là !
C'est MOI qui commande, compris, Furax ?
112

ENTRE-TEMPS, À LA BASE DE CRIMSON.
Et ce vol de reconnaissance?
Voilà qu'il s'achève, Cerveau!
Alors? Vous avez vu... entendu... quelque chose? Malheur à vous si vous n'avez pas ratissé toute la région!
Rien! Tout est tranquille! Nous sommes même allés plus loin que le secteur prévu! Rien de suspect!
C'est bien ce qui me tracasse! Ce n'est pas normal!
Rien de suspect? Je me méfie!
Ha, ha, ha! Pourquoi s'énerver? Que voulez-vous qu'il arrive? Ha, ha!
Apporte cet escabeau!
Es... Escabeau?
CLAP
Insolent!!
C'est moi qui décide s'il va arriver quelque chose!
AMÈNE BARABAS DANS MON BUREAU!

ENTREZ !
Euh... Veuillez entrer...
Barabas, très cher, prenez la peine d'entrer ! Installez-vous dans ce fauteuil !
117
Comment ça va ? Je n'ai pas frappé trop fort ?... Oui... Quand je vous ai vu émettre un message par radio... Je me suis énervé... Vous me pardonnez ?
Je vous invite à partager ma table... Langouste, caviar, champagne ! Me ferez-vous l'honneur...? Cher ami ?
A quoi sert cette comédie ?
118
Délicieux, ce Dom Pérignon ! La boisson favorite de James Bond ! Une référence !
Voulez-vous enfin me dire où vous...
SST... Nous avons le temps !
LE GÂTEAU !
Aux framboises fraîches cueillies par Schéhérazade dans le jardin des Mille et Une nuits !
119
Et maintenant, très cher ami, me direz-vous à qui vous avez envoyé un message ? Vous pouvez me le confier ! Nous sommes de bons amis !
C'était donc ça ?
Hi, hi... C'est dans la poche ! Un bon gueuleton... Un petit verre et on capitule !
Je te dis ceci et encore ça ! Je n'en dirai pas plus !
Hein ? Quoi ? Redis-le-me-le ?
120

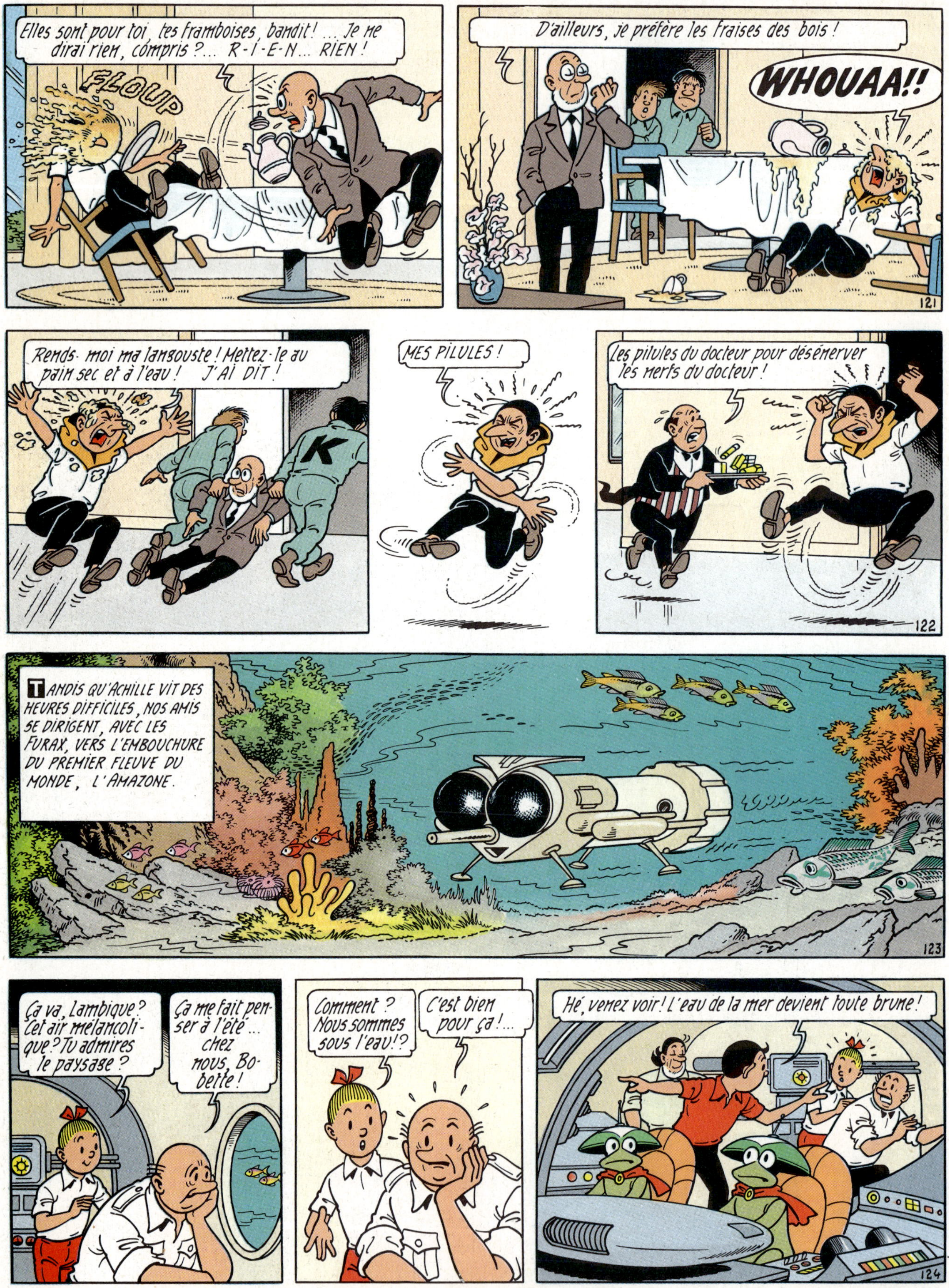

Elles sont pour toi, tes framboises, bandit! ... Je ne dirai rien, compris?... R-I-E-N... RIEN!
FLOUP
D'ailleurs, je préfère les fraises des bois!
WHOUAA!!
121
Rends-moi ma langouste! Mettez-le au pain sec et à l'eau! J'AI DIT!
K
MES PILULES!
Les pilules du docteur pour désénerver les nerfs du docteur!
122
TANDIS QU'ACHILLE VIT DES HEURES DIFFICILES, NOS AMIS SE DIRIGENT, AVEC LES FURAX, VERS L'EMBOUCHURE DU PREMIER FLEUVE DU MONDE, L'AMAZONE.
123
Ça va, Lambique? Cet air mélancolique? Tu admires le paysage?
Ça me fait penser à l'été... chez nous, Bobette!
Comment? Nous sommes sous l'eau!?
C'est bien pour ça!...
Hé, venez voir! L'eau de la mer devient toute brune!
124

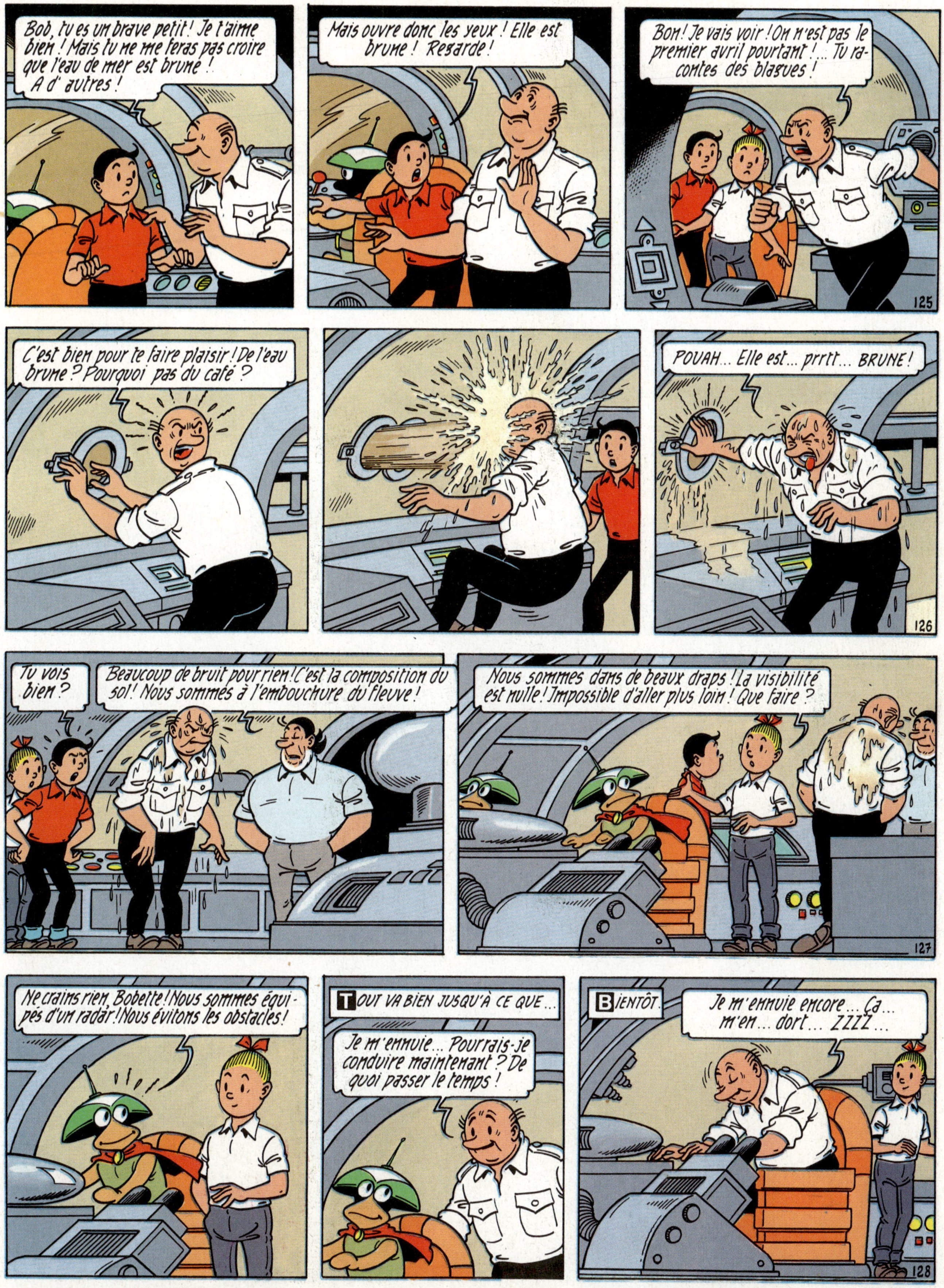
Bob, tu es un brave petit ! Je t'aime bien ! Mais tu ne me feras pas croire que l'eau de mer est brune ! A d' autres !
Mais ouvre donc les yeux ! Elle est brune ! Regarde !
Bon ! Je vais voir ! On n'est pas le premier avril pourtant !... Tu racontes des blagues !
125
C'est bien pour te faire plaisir ! De l'eau brune ? Pourquoi pas du café ?
POUAH... Elle est... prrrt... BRUNE !
126
Tu vois bien ?
Beaucoup de bruit pour rien ! C'est la composition du sol ! Nous sommes à l'embouchure du fleuve !
Nous sommes dans de beaux draps ! La visibilité est nulle ! Impossible d'aller plus loin ! Que faire ?
127
Ne crains rien, Bobette ! Nous sommes équipés d'un radar ! Nous évitons les obstacles !
TOUT VA BIEN JUSQU'À CE QUE...
Je m'ennuie... Pourrais-je conduire maintenant ? De quoi passer le temps !
BIENTÔT.
Je m'ennuie encore... Ça... m'en... dort... ZZZZ...
128

Hé, Lambique ! Si tu es fatigué... Dis-le ! Bob prendra la relève !... Lambique ?
Sapristi ! Mais ... Il dort !
Minute, papillon !
HE ! MARMOTTE !
WHOUA !!
129
Qu'y a-t-il ? Que se passe-t-il ?
Mais que fais-tu ? Il ne faut pas appuyer sur tous les boutons en même temps !
Tu perds la tête ! Nous allons à la catastrophe !! ATTENTION !!
BONC
130
Nous avons heurté un obstacle ! Le radar est cassé !
Encore un de tes coups fumants, hein, Lambique ?
C'est ta faute ! Il ne faut jamais déranger le conducteur, gamine !
?
Quel culot ! Tu dormais, mon vieux !
131
ÇA SUFFIT ! Se disputer ne sert à rien... Je vais sortir pour voir l'ampleur des dégâts ! Nous ne pouvons rester ici indéfiniment !
Puis-je attirer l'attention de Monsieur sur le fait que nous sommes sous l'eau et que... pour la promenade... il faudra repasser !
J'adore les petits enfants... Surtout s'ils se mêlent de ce qui les regarde.
?!
PEU APRÈS.
132

Pas très joli! La rivière est peu profonde en cet endroit et le véhicule a heurté un tronc d'arbre !
Je ne vois que la forêt !
133
Il ne reste qu'une chose à faire...
Mettre l'engin au sec!
134
Et maintenant? Que faire? Nous sommes loin du lieu où nous voulions aller!
Pas de problème, Bobette! Nous disposons de petits engins capables de voler au ras du sol... et très rapides!
Mais pas aujourd'hui, hein? Le soleil va bientôt se coucher! Campons ici!
Il n'y a pas de bêtes féroces?
135
Oh que si! Il y a d'abord l'anaconda, terrible serpent constricteur, et puis... et puis... des jaguars, des tamanoirs, des serpents venimeux, pour ne pas parler des araignées géantes et autres insectes affreux...
WOUAAA! BOUH! ... WHAAA!!
AUWAHAA!!
Dis donc! Tu deviens folle?... Qu'y a-t-il?
136

C'est plein d'animaux dangereux, ici! En faisant du bruit, nous les chasserons !
Vous feriez mieux de dormir, les enfants!
137-140

LE LENDEMAIN, BOBETTE S'ÉVEILLE LA PREMIÈRE.
Tout le monde dort... Je vais en profiter!
Je vais me baigner dans l'eau fraîche de la rivière!
Rien à l'horizon? Pas de jaguar? Ni de tamanoir? Pas d'araignée géante, ni d'anaconda? On y va!
141
PLONS
Ils auraient pu me dire que c'était plein de caïmans, par ici!...
142
Au secours!
C'est la voix de Bobette!... JÉRÔME!
Tonnerre! La fermeture éclair est coincée!
Sortons de l'autre côté!
143
Pauvre Bobette! J'arrive à temps!
A MOI! A MOI!
Ne crie pas ainsi! Tu troubles le calme de la forêt!
Attention, Jérôme! Là... Les...
144

Ne crains rien, Bobette! Je n'ai pas peur de ces sacs à main inachevés! Une petite valse...
PENDANT CE TEMPS, LAMBIQUE ATTERRIT...
Jérôme aux prises avec des caïmans!
145
Tiens bon, Jérôme! J'arrive! Je suis là!
Ils n'ont même pas résisté! Ils m'obéissent au doigt et à l'œil!
?
Encore un! Là! Derrière toi!!
Ça, c'est plus grave!
146
Pourquoi?
C'est une femelle!... Du type belle-mère acariâtre!... Je vais la mater!
Elle en pleurera des larmes de crocodile!
147
Venez! Nous avons perdu assez de temps! Vite!
LES FURAX ONT DISPARU!!
148

Ces espèces de grenouille nous ont lâchement abandonnés ! Ils sont tous partis !!
ATTENTION !
WHOUAA !
149
Que... Que... Qu'est-ce ?
On essaie nos scooters !
150
Le camp est levé ! Le vaisseau est camouflé ! Tout est prêt ! Nous pouvons partir !
Super ! Je vais conduire ! Trop dangereux pour vous !
Impossible ! Nous seuls savons les manœuvrer !
Pff ! Je voudrais bien voir ça ! Vous ne me connaissez pas encore !!
151
Ha, ha ! Vous voyez ? Ce n'est pas plus difficile que ça !
Hé !... Ho ?... HOLÀ !!
COUAC
152

Quel choc... Le pauvre... Pourvu que ce ne soit pas trop grave!
Tu es gentille, ma petite Bobette... Te soucier ainsi de moi...
Euh... Je pensais...
... à l'arbre, Lambique! Les arbres de notre planète meurent... Les forêts se dépeuplent! Et il faut que tu l'abîmes d'un stupide coup de tête?
153
PEU APRÈS, LES ESPRITS SE CALMENT ET NOS AMIS SE METTENT EN ROUTE. LES FURAX ONT PROGRAMMÉ L'ITINÉRAIRE PAR ORDINATEUR. IMPOSSIBLE DE S'ÉGARER! ILS SERONT BIENTÔT À LA BASE DE CRIMSON.
Remontons le cours du Rio Tambopata... Une longue rivière... C'est facile...
154
A LA BASE DE CRIMSON, AU COEUR DE LA FORÊT VIERGE, UN AVION PART EN RECONNAISSANCE.
Et n'oublie pas de signaler le moindre mouvement suspect!!
Compris, Cerveau!.. Tout est calme!
155
Calme... Calme... TROP calme! Les extra-terrestres vont arriver... JE LE SENS!
BIENTÔT.
Et si on s'arrêtait? Je meurs de faim... Et toi, Bob?
Mais qu'y a-t-il donc, Bob?
Chut! J'entends un vrombissement!
156

Une chute d'eau!
Splendide! L'endroit idéal pour manger notre casse-croûte!
Profitons-en pour partir à la chasse, hein, Jérôme? A la façon des Indiens... Un arc... Une flèche...
157
Pas besoin de ça!..
Séparons-nous! Nous aurons plus de chance d'attraper une proie!
158
LE TEMPS PASSE...
Toujours rien... Mais il n'est pas question de rentrer bredouille!
Là... J'entends un bruissement de feuilles... J'ignore ce que c'est... Mais c'est très gros!
Ha, ha!... Jérôme sera jaloux!
159
ENTRE-TEMPS.
Du bruit dans ces buissons... Enfin une proie! Il était temps!
Ces fruits mûrs vont me servir de munitions! C'est moins cruel que des flèches.
Il se tient coi... Je ne le vois pas... Fions-nous à notre instinct de chasseur... Visons calmement et...
160

En plein dans le mille!
En plein dans la poire!
PLATCH
161
Curieux animal... qui lance des papayes pourries??
Je vais y mettre le paquet! Trois...
Et maintenant, allons voir de quoi sera fait notre déjeuner! Le saut du tigre!
162
CNOTS
Jérôme!
Quelle heureuse surprise!
Ah! Lambique et Jérôme rentrent de la chasse!
Le feu de camp est allumé! Qu'ont-ils attrapé?
163
C'est tout? Des racines et des bulbes?
C'est bon pour le taux de cholestérol!
Pilote à base... Rien à signaler... Rien... Non! Attendez! Je vois de la fumée... Je vais voir ce que c'est!..
164

Etrange, ce panache de fumée ...
Panache de fumée! Panache de fumée! Utilise ta caméra, idiot! Actionne ton zoom, crétin!... Fais marcher tes cellules!
Pourquoi crier si fort... Il pique encore une de ses crises de nerfs...
Qu'est-ce que tu baragouines, animal?! Fais ce que je dit!!
Euh, oui, Cerveau!
165
Voilà! La caméra et le zoom sont mis en route... Je vise... Je mets au point et...
CIEL!... Cerveau! Cerveau! Les mêmes petits êtres que ceux que nous avons capturés dans l'espace!!... A quelque cent kilomètres de la base!
QUOI?... Ils ne DOIVENT pas venir ici! J'envoie un hélicoptère et des voitures tout terrain!
166
Pourquoi cet avion fait-il des cercles au-dessus de nous?
Furax?... Furarax!!
PIÎPPIIPIIP
Furax!
CLAC
Furax! Furaxfurax!
WHOUA!!... Ils me tirent dessus! Je suis touché!
167
PRIVÉ D'ÉQUILIBRE, L'AVION TOMBE EN TOURBILLONNANT! HEUREUSEMENT, LE PILOTE MANŒUVRE SON SIÈGE ÉJECTABLE.
Mais tu es complètement fou? Tirer sur un avion?... Qui est-ce?
L'ennemi! Il nous a découverts! Il faut quitter ces lieux au plus vite!... Furax!!
168

Ils ont abattu l'avion!
Débarquons nos tanks! Tu connais les ordres... Ils ne doivent pas arriver vivants à la base!
PEU APRÈS.
169
Ce ne sera pas facile de les retrouver dans l'enfer vert!... Dispersons-nous! VITE!
Furax... Attention! Les branches sont basses! Baissez la tête!
Que dis-tu?
170
Répète!... HMMPF!
HÉ! STOP!... REVENEZ!
MAIS PERSONNE N'A REMARQUÉ LA DISPARITION DE LAMBIQUE.
171
Ils... Ils m'abandonnent!! ...STOOOP!!
Me voilà seul dans la forêt vierge! Entouré de bêtes féroces!
Les voilà déjà!
CRAAC
CRAC
Elles ne sont peut-être pas dangereuses mais... je me méfie!
CRAAC
172

Jamais je n'ai entendu un animal hurler si fort !... AÏE !
Je suis fichu ! Je vais être englouti par le monstre !... Adieu, chers petits lecteurs ! Quelle fin peu glorieuse pour un héros de ma trempe !... La télévision n'est même pas là... Seul dans la...
Ma parole... MAIS C'EST UN TANK !
173
Sans doute des manœuvres en pleine forêt ! Je connais ça... Ils vont sûrement me...
BAOUM
...reconnaître !
174
Vous entendez ?.. Des coups de feu !
CIEL ! Où est Lambique ?
Enfer ! Il a dû tomber ! DEMI-TOUR !
Pourvu qu'il ne soit pas trop tard !
175
Le voilà !
Lambique ? Mais que fais-tu ?
Je m'entraîne pour les prochains Jeux Olympiques !
Sapristi ! Il est talonné par un tank !
FURAX ! FURAX !
Cessez donc de furaxer ! Je vais arranger ça !
176

Il est temps que je prenne de l'exercice... Mes muscles s'ankylosent !
BWAM
J'attrape ce projectile en vol... Retour à l'envoyeur !
Une trouvaille ! Le canon aller et retour !
177
Ils vont avoir chaud là-dedans... Ils m'ont sous-estimé...
?
?
?
BWANG
Jérôme ! Derrière toi ! Encore un tank !
178
Ils poussent comme des champignons, ma parole ! Ecartez-vous ! Ils ont besoin de place !
RRAAAR
Moi aussi, je m'entraîne pour les Jeux Olympiques ! Lancement du marteau !
?
?
179
Je suis candidat à la médaille d'or !
Bravo, Jérôme ! Tu les as eus !
Il n'en vient plus.
La présence de ces tanks nous révèle que nous sommes près du but ! Mais il faut être très prudents !
Essaie de ne plus tomber de ton scooter !
180

Ne crains rien, Bobette! Un homme averti en vaut deux!
On ne trébuche jamais deux fois sur le même pavé!
CNOTS
181
Ne riez pas! C'était un autre pavé... euh... arbre!
Ainsi.
Furax! Furax! Nous approchons du but... Le radar électronique sonne l'alarme!
182
Pendant ce temps, Crimson...
Avez-vous enfin établi le contact?
Non, Cerveau! Ils ne répondent plus! Je n'entends rien!
Il a dû se produire quelque chose d'imprévu! Ils sont plus forts que je ne le pensais!
Que le radar balaye tous les environs!
183
Il y a du mouvement autour de la base, Cerveau!
QUOI?
NON! Pas ça, Cerveau...
PATS
Ce n'est pas ma faute!
ACHILLE! Mes pilules!!
184

Ces pilules donneront au docteur paix et perspicacité !
Tais-toi et donne-les moi !
Mais le docteur doit se montrer docile, si le docteur me pardonne ces familiarités !...
Achille, tu es le meilleur administrateur de pilules !
J'en suis ravi, Docteur !
185
VA ME CHERCHER BARABAS !
Furax ! Furax ! Ouvrons l'œil ! L'ennemi est tout proche !
PEU APRÈS.
WAAW !
Je me demande quelle puissance étrangère a installé une base ici !
186
On y va ?
Non ! Elle est sûrement sévèrement gardée ! Des radars...
187
Mais nous n'allons pas rester ici éternellement ! Sans RIEN faire !
Donne-moi les jumelles !
Cachez-vous ! On vient !! Vite !!
CIEL ! Regardez !!
188

C'est Crimson! Avec le professeur Barabas!
Pas étonnant! Crimson est un bandit! Toujours prêt à se lancer dans des activités criminelles!
TONNERRE! L'alambique Jérôme et les deux galopins! C'est donc eux que tu as avertis!!... Mais ils n'ont aucune chance!
Jérôme est invincible!
189
Mais toi, non!
Ciel! Crimson menace notre ami... Barabas est en danger! Si Crimson tirait sur la gachette... Et nous sommes incapables d'intervenir!
Quel manque de confiance! Et que fais-tu des muscles de Jérôme? Hein?
Que faire?
190
Creuser un tunnel!
Ça doit être ici!
191
Si vous ne quittez pas les lieux, votre ami y passe!... Je compte jusqu'à trois!
Un... Deux... Trois!
Jérôme n'arrivera pas à temps! NON!
Je tire!
PANG
!
192

Pas de pitié ! Il mourra !
QUOI??
Un enlèvement !?
Quels scélérats ! Où sont les bonnes manières d'antan ? Mais ça ne se passera pas comme ça !
193
ZUT ! Il n'a pas encore compris !
PANG
PANG
J'aspire des litres d'air... Je comprime... Et...
JE SOUFFLE !
194
HOURRA ! Les voilà !! Cher Jérôme ! Et Barabas ... sain et sauf !!
APRÈS LES RETROUVAILLES...
Deux de vos congénères sont entre les mains de Crimson ! Et il ne voudra certes pas les libérer ! Il veut en tirer beaucoup d'argent ! Mais nous ne pouvons les abandonner. Que faire ??...
195
Il faut prendre la base d'assaut ! Mais attendons la nuit. Si nous agissons maintenant, on nous verra !
Il faut être très prudents ! Ils disposent sans doute de systèmes d'alarme !
Pas de problème ! Qu'il fasse nuit... MAINTENANT !!
QUOI ?
196

La nuit ? A cette heure du jour ? C'est impossible !
Tu verras!
Comment?
Nos corps sont capables d'émettre des champs électriques pouvant empêcher que la lumière du soleil ne parvienne jusqu'à la terre! Chez nous, rien de plus naturel!
Mais nous en faisons usage avec parcimonie car nous savons que de telles éclipses provoquent la panique sur terre... Et pourtant...
197
Les habitants de la terre n'auraient jamais dû s'en prendre à nous! Nous n'abandonnerons jamais nos deux amis prisonniers!
Oui mais...
ASSEZ! Nous sommes des êtres pacifiques! On ne peut pas en dire autant de vos semblables!
Pas besoin de te fâcher! Nous vous avons aidés...
198
Otez-vous de notre soleil!
Les croyais-tu capables de se fâcher ainsi, Bob?
Oui, ce sont des Furax furieux!
Bof... Ils nous en racontent, croyez-moi...
Chut, Lambique! Attends...
199
Sapristi! La... nuit tombe!
Il fait noir! On ne voit plus à deux pas!
NON LOIN DE LÀ...
Cerveau! Cerveau!
200

Dehors... Il fait tout noir!!
Tu as trop bu, ma parole! Il est à peine midi! Idiot!
Malheur à toi si tu te moques de moi!
DONG
201
Il... fait... tout... noir!
L'alarme! Ils entrent dans la base!
WIEUWIEUW
ALLUMEZ LES PHARES! Tout le monde dehors!
K
202
Attention! Ils se doutent de quelque chose!
Misère! Ils vont nous repérer! Les voilà!
Lambique? Où es-tu?
203
C'est pourtant vrai... La nuit! En plein jour! A moins que... J'en aurai le cœur net! Ma montre... Quelle heure est-il?
Par ici, la lumière!
Tonnerre! Il est midi!
Merci, mon vieux!
WHOUA!!
RATACATA
204

Mais qu'est-ce qu'il fabrique encore? LAMBIQUE!
TONNERRE!
CLANG
BADABOUM
PATS
CNOTS
Qu'est-ce que c'est?
Comment savoir? Il fait noir comme dans un four!
205
Et un projecteur, ça sert à quoi??
Là!!
CIEL! Lambique est tombé dans une poubelle!
GRAMBL!
206
WHAA!
PANG
PANG
PANG
PANG
Il faut intervenir si-non la poubelle sera pleine de trous!
Il faut éteindre les projecteurs.
Attention! En voilà un qui se dirige par ici! Tu connais les ordres!
207
Ils ont beau faire! Je me lave tous les jours avec du plomb fondu! J'ai une de ces carapaces...
RACATACTAC
??
Si j'étais vous, je ferais mes prières!...
208

Pff... A deux contre un ?? Tu es de la revue !
Vous pouvez y aller...
... C'est à celui qui sera le plus rapide !
Suivons Lambique ! Il faut le rattraper ! On va lui sonner les cloches !
209
Ils ont pénétré dans l'enceinte ! Par ici ! Tirez sur tout ce qui bouge !
Mettons-y tout le paquet, Bob !! A la vie et à la mort !
BWANG
210
Avec l'énergie du désespoir, nos amis se battent farouchement !
Pas possible ! Ils sont en train de remporter la victoire ! Fuyons !
Crimson ! Il s'en va ! Suivons-le !
211
Trop tard ! Il s'est enfermé !
WAM
Sors de là, bandit ! Tu as perdu la partie ! Rends-toi !
BOM
BOM
Me rendre ? Ha, ha ! JAMAIS ! Tu m'entends ?... JAMAIS ! Il me suffit d'appuyer sur le bouton rouge et... BOUM... C'est le grand feu d'artifice !
BOM
BOM
212

Toutes mes fusées seront mises à feu! Elles détrui-ront tous les satellites dans l'espace!
BOM
BOM
Il faut éviter ce désastre à tout prix! Ce serait la panique dans le monde... la guerre! Et... Crimson en est capable!
Mais que faire alors?
Moi, je ne con-nais qu'un seul remède... Otez-vous de là!
213
Rapide... Efficace... !!
Avec effet de surprise!!
CRAC
214
Ha, ha! Tu me crois bien naïf! Tu t'imagines que je n'a-vais pas tout prévu? Une flaque d'huile par terre et...
?
SLIPSLIP
SLIPSLIP
GRR!! ... MISÈRE !!
WHOUAHAHAHA! Vous voulez contrecarrer mes plans? LE BOUTON ROUGE!
215
Il ne se passe rien!
IL NE SE PASSE RIEN! ... RIEN!
Ha, ha, ha, ha!
VOUS !!
216

Ha, ha, ha!
Nous avons libéré nos frères!
Et nous avons déréglé tous les appareils de la base! Ils sont inutilisables!
Nous sommes de bons techniciens, hein, Furax?
BRRRR! OUOUOU!! WHAAA!
Il est complètement fou! Il lui faut une camisole de force!
217
BIENTÔT.
Tu te rends compte de ce que nous allons faire, hein?
PRRRT!
C'est inutile, Lambique! Fais tout sauter!
BAOUMM
218
Pouvez-vous nous raccompagner jusqu'au monde civilisé, chers petits Furax?
Monde civilisé? Que veux-tu dire, Bobette? Là où il y a des canons, des armes nucléaires, de la pollution, la guerre?
Qu'as-tu fait de Crimson, Lambique?
Je l'ai laissé partir... Dans l'autre direction!
Et comment était-il?
219
PRRRT!!... Nammenamme... Tuutuut!
TATAA!!
FIN